CONFÉRENCE

SUR LES ŒUVRES POÉTIQUES

DE M. PIERRE LEBRUN

IMPRIMERIE J. CLAYE
RUE SAINT BENOIT 7
LABOR
PARIS

SOIRÉES LITTÉRAIRES ET SCIENTIFIQUES
DE LA SORBONNE

CONFÉRENCE

SUR LES ŒUVRES POÉTIQUES

DE M. PIERRE LEBRUN

PAR

M. CH. LENIENT

PROFESSEUR DE RHÉTORIQUE AU LYCÉE NAPOLÉON,
MAITRE DE CONFÉRENCES
A L'ÉCOLE NORMALE SUPÉRIEURE

PARIS
LIBRAIRIE DE L. HACHETTE ET Cie
BOULEVARD SAINT-GERMAIN, 77

1866

Cette étude sur les *Œuvres poétiques de* M. PIERRE LEBRUN a été, dans une des soirées littéraires de la Sorbonne, l'objet d'une conférence recueillie par la sténographie. L'auteur, obligé de se renfermer dans les limites du temps prescrit par l'usage et les convenances, avait dû ne s'occuper que des poésies lyriques, familières et satiriques, laissant de côté la partie dramatique à laquelle il se promettait de consacrer une conférence spéciale. En revoyant sa leçon, il a cru pouvoir rapprocher ici ces deux parties, qui entraient dans son plan primitif, et restituer ainsi à cette étude sa véritable unité.

CONFÉRENCE

SUR LES ŒUVRES POÉTIQUES

DE M.

PIERRE LEBRUN

FAITE A LA SORBONNE, LE 30 AVRIL 1866.

MESDAMES ET MESSIEURS,

Je me propose de vous entretenir ce soir des œuvres poétiques de M. Pierre Lebrun. Dans notre France si vive, si sympathique, mais parfois si prompte à oublier même les belles choses et les beaux vers, bien des gens peut-être, en m'entendant prononcer ce nom de Lebrun, seraient tentés de s'écrier : « Duquel voulez-vous parler? Est-ce du Lebrun qui associa les magnificences pompeuses de son pinceau aux splendeurs du XVIIe siècle? Est-ce du Lebrun qui traduisit *la Jérusalem délivrée* et qui, après avoir été le collègue de Bonaparte dans le consulat, se résigna humblement à n'être que prince et

1

archichancelier de l'Empire? Est-ce du Lebrun, rival de Pindare, qui chanta *le Vengeur*, et vint un matin abattre sous une des mansardes du Louvre son vol d'aigle républicain? » Ce nom de Lebrun a été si souvent illustré parmi nous, dans les arts et dans les lettres, qu'il forme une sorte de pléiade lumineuse, où chaque astre enveloppe et voile de son éclat l'astre voisin. De là, pour les yeux habitués à juger des étoiles à distance, une confusion facile à expliquer. Le Lebrun dont je vais vous parler, messieurs, heureusement pour lui et pour ses amis, est encore vivant, dans toute la plénitude de sa santé, avec toutes les grâces de son esprit et de sa parole : c'est l'auteur de *Marie Stuart*, l'émule, je n'ose dire le rival, de Byron dans la croisade poétique entreprise en faveur de l'indépendance grecque.

Il y a quarante ou quarante-cinq ans, le nom et les vers de M. Lebrun étaient dans toutes les bouches. Mais en quarante ans on oublie bien des choses, surtout en France, et plus d'une fois, on a pu s'écrier :

Mais où sont les neiges d'antan?

Lui-même, M. Lebrun semblait avoir oublié le public, si l'on en juge par le peu d'empressement qu'il mit à lui offrir le recueil de ses poésies. Il a du moins réglé ses comptes envers la postérité par une dernière édition de ses œuvres faite avec le soin d'un homme qui a souci de l'avenir et conscience de sa propre valeur [1]. Malheureusement, il n'a pas le talent du prospectus ni de la réclame ; il ne connaît pas l'art d'apposer au coin des rues ces gigantesques majuscules qui étalent aux yeux et crient aux oreilles des passants un nom et une œuvre plus ou moins célèbres. D'ailleurs, M. Lebrun s'était levé sitôt qu'il a pu se coucher dans tout l'éclat de son midi, ayant déjà sa moisson faite. Lui-même l'a dit quelque part avec un certain accent mélancolique :

> J'ai trop matin commencé ma journée,
> Avant qu'ils soient fleuris, j'ai cueilli mes lilas.

Si matin qu'ils aient été cueillis, j'espère cependant vous montrer que ces lilas sont encore assez jeunes et assez frais pour honorer le nom et la vie d'un poëte. Enfin, M. Lebrun voyait grandir autour de lui une nouvelle génération ardente, active, impatiente d'envahir toutes les avenues de la célébrité : il l'a laissée passer devant lui, se disant après tout que le jour où l'on écrirait l'histoire de la poésie contemporaine, on serait bien obligé de lui accorder une place, que nul alors n'aurait ni le droit ni la prétention de lui disputer. C'est cette place que je désire restituer aujourd'hui à

1. Nouvelle édition, 1864. — Librairie Didier.

M. Lebrun, sans exagération, sans complaisance obséquieuse indigne de lui et de moi, mais avec ce mélange d'équité et de sympathie loyale dont il a toujours donné l'exemple envers les poëtes ses confrères et ses rivaux.

Je rencontrais dernièrement dans une revue littéraire que nous connaissons et que nous lisons tous, puisqu'elle s'adresse à deux mondes à la fois, les réflexions suivantes à propos d'un discours académique dont on a beaucoup parlé : « Une chose vraiment affligeante pour les amis de la tradition intellectuelle et morale de ce grand XIXe siècle, c'est de voir combien la génération de 1848, la génération sortie des écoles au lendemain de la révolution de Février connaît imparfaitement ou dédaigne ce qui a précédé cette date [1].. »

Ce reproche est-il mérité? messieurs, je voudrais y répondre en montrant que cette génération de 1848, à laquelle j'ai l'honneur d'appartenir, n'a pas oublié ni dédaigné ses maîtres et ses devanciers, qu'elle sait leur rendre hommage, ici surtout, dans cette Sorbonne où se conserve le culte des grands souvenirs et des grands noms. Après les éclatants triomphes, après les belles soirées qu'animaient autrefois les voix puissantes de Talma, de Duchesnois, de Rachel; après les arrêts signés des noms de Sainte-Beuve, Saint-Marc Girardin,

1. *Revue des Deux-Mondes*, 15 mars 1866.

de Sacy, Patin et d'autres juges autorisés, il serait téméraire de prétendre ajouter quelque chose à la gloire de M. Lebrun. C'est donc un simple *memento* que je vous offre ici, un retour d'un demi-siècle en arrière que je vous propose de faire avec moi. En parlant de M. Lebrun, je ne songe pas seulement à tracer une monographie isolée, mais plutôt la préface, le premier chapitre d'une histoire de la poésie contemporaine.

On a dit de lui qu'il était le plus jeune des poëtes du premier empire. Avec une telle jeunesse, M. Lebrun aurait chance de nous paraître aujourd'hui tant soit peu antique et suranné. Il est plus et mieux que cela.

Une rose d'automne est plus qu'une autre exquise,

s'écrie notre vieux d'Aubigné. Cependant une rose de mai plaît toujours davantage ; elle a plus d'éclat et de parfum. Aussi n'est-ce pas seulement de l'automne ni de l'hiver que je vais vous parler, mais du printemps, du vrai printemps, de l'heure où la Muse française peut entonner le chant du *Renouveau* et répéter avec Charles d'Orléans :

Le temps a laissé son manteau
De vent, de froidure et de pluie :
Il s'est vêtu de broderie,
De soleil luisant clair et beau.

Ce soleil luisant clair et beau, M. Lebrun l'a entrevu

et annoncé, lorsqu'il ne faisait encore que poindre à l'horizon.

Sa vie et son rôle littéraires se divisent en deux parts bien distinctes. Dans l'une, il est encore écolier, héritier des maîtres de son enfance, Lebrun-Pindare, Delille, Joseph Chénier. Dans l'autre, il est novateur, précurseur de la jeune école, qui a été et qui restera, malgré ses exagérations et ses folies, une des gloires de notre siècle. Placé sur la limite de deux générations, de deux époques, M. Lebrun finit l'une et commence l'autre. Il est homme de transition plus encore que de révolution : rôle périlleux et difficile, qui vous expose aux rancunes des devanciers et à l'ingratitude des successeurs. On oublie trop vite tout ce qu'il a fallu de courage, de persévérance, de diplomatie, pour faire brèche à travers les préjugés, les préventions, les pudeurs farouches et les censures impitoyables de la routine et de l'orthodoxie. Nous jouissons aujourd'hui de la liberté de l'hémistiche, de l'enjambement et de la césure, comme nous jouissons de la liberté de conscience et de l'égalité civile, sans nous rappeler tout ce qu'elles ont coûté à ceux qui nous ont précédés. Le mot de Salluste est toujours vrai : « *Plerique mortales postrema meminere.* » Les hommes, la plupart du temps, se souviennent de ce qui finit et rarement de ce qui a commencé.

La poésie française au XIXe siècle a revêtu trois formes principales : elle a été tour à tour lyrique, dramatique, familière et philosophique. C'est sous ce triple aspect que je veux étudier le talent et les œuvres de M. Lebrun. Nous verrons d'abord en lui le chantre de l'Empire et de la Grèce, puis le novateur au théâtre, enfin le poëte intime, causeur, philosophe, et satirique. Ce dernier mot paraîtra étrange à plus d'un ami de M. Lebrun, tout étonné d'apprendre qu'il ait pu avoir de la malice. Pourtant je vous préviens qu'il en a eu, qu'il en a même encore, mais sans fiel, rassurez-vous.

I

M. Lebrun naquit vers la fin de 1785. Le lyrisme, dernier héritage de J.-B. Rousseau et de Lefranc de Pompignan, recueilli par Lebrun-Pindare et Joseph Chénier, l'entoura dès le berceau. La lyre aux cordes d'airain devait être l'instrument préféré de la France républicaine. Au milieu du fracas des révolutions, de l'écroulement des trônes, des éclats de tonnerre partis du champ de bataille et de la tribune, l'ode était naturellement la forme poétique qui répondait le mieux à l'état des esprits, à cette éloquence enflammée de la Constituante et de la Convention. *La Marseillaise* et *le Chant du Départ*, ces deux cris lyriques et terribles sortis des entrailles de la Révolution, furent les premiers échos poétiques qui frappèrent l'oreille de M. Lebrun. Lui-même, encore écolier, composait et récitait un hymne patriotique pour la plantation d'un arbre de la liberté au collége de Vanves, alors succursale du Prytanée français (depuis lycée Louis-le-Grand). Le vent a emporté les vers du poëte avec les feuilles de l'arbre, mais cette date a son importance. Elle nous indique le point de départ littéraire de M. Lebrun. A douze ans, il commençait déjà à pindariser.

Les fanfares militaires de l'Empire, les victoires d'un autre Alexandre achevèrent d'exalter en lui l'enthousiasme pindarique. Le lendemain de l'entrée de l'armée française à Vienne, Napoléon, étant à Schœnbrunn, reçut un numéro du *Moniteur* qui contenait une *ode à la Grande Armée*, signée du nom de Lebrun. L'émotion fut grande dans l'état-major impérial. Personne ne doutait que cette ode ne fût l'œuvre du Pindare français. Le vieux jacobin converti s'était donc incliné devant le soleil d'Austerlitz. L'Empereur envoya sur-le-champ au poëte ses compliments et une pension de 6,000 livres. Pindare accepta la pension, mais refusa les compliments. La pièce n'était pas de lui :

tout l'honneur en revenait à un jeune élève du prytanée de Saint-Cyr qui portait également le nom de Lebrun, et qui reçut pour sa part une pension de 1,200 livres. Chagrin et morose comme le sont quelquefois les rois et les poëtes à l'égard de leurs successeurs, le vieux Lebrun ne put guère pardonner au jeune rival qui venait ainsi lui disputer sa lyre et son nom. Pour surcroît d'ennui, le président du Sénat, François de Neufchâteau, lui écrivit une lettre de félicitation sur sa belle *ode à la Grande Armée,* qu'il appelait la meilleure de ses œuvres. Or, c'était justement la seule qu'il n'eût pas faite! Ce quiproquo malencontreux poursuivit Lebrun-Pindare jusque dans la tombe. Le jour de ses funérailles, un de ses collégues à l'Académie, Joseph Chénier, avec une étourderie qui ressemblait presque à une malice, le félicitait encore de « sa belle *ode à la Grande Armée.* »

Cette pièce, qui fit tant de bruit dans son temps et qui dérouta tous les critiques, excepté Ginguené, a perdu la primeur de jeunesse et d'à propos qu'elle avait alors. Cependant elle conserve encore je ne sais quel aspect de vigueur et de roideur martiale qui rappelle les bas-reliefs de l'arc de triomphe de l'Étoile, la Renommée sonnant de la trompette au-dessus de la tête de Napoléon :

Suspends ici ton vol : d'où viens-tu, Renommée?
Q'annoncent tes cent voix à l'Europe alarmée?

— Guerre. — Et quels ennemis veulent être vaincus?
— Allemands, Suédois, Russes lèvent la lance :
Ils menacent la France. —
Reprends ton vol, Déesse, et dis qu'ils ne sont plus.

Il y a soixante ans passés que ces vers étaient inscrits au *Moniteur*. Combien, depuis ce temps, peuvent se vanter, comme le poëte, d'avoir survécu à ceux qui étaient alors et qui ne sont plus? Du haut de ces soixante années remplies par tant de catastrophes et de révolutions, M. Lebrun nous apparaît comme un de ces vieux *aèdes* du temps passé, comme un Démodocus ou un Phémius racontant les exploits de leurs ancêtres aux arrière-petits-fils d'Achille et d'Agamemnon.

Dès l'enfance, M. Lebrun fut ébloui, fasciné par l'éclat de cette gloire impériale. Un jour, encore élève au prytanée de Saint-Cyr, occupant en chaire la place du professeur de rhétorique, malade, il vit entrer dans la classe l'Empereur et Joséphine. Le vainqueur d'Arcole et des Pyramides venant commenter et discuter avec des écoliers la rhétorique de Le Batteux et les tropes de Dumarsais, n'y avait-il pas là de quoi frapper surtout de jeunes imaginations? Quinze ou vingt ans après, M. Lebrun est encore sous le charme, à l'époque où il compose son poëme sur *la Mort de Napoléon*. Et cependant les temps étaient bien changés, le maître du monde n'était plus alors que le captif de Sainte-Hélène : la grande épreuve du Jugement Dernier avait commencé pour lui de son vivant ! Plus d'un ancien courtisan rachetait les complaisances de la veille par les sévérités du lendemain. M. Lebrun, lui, restait toujours le même, fidèle à son culte et à son admiration, malgré les aspirations libérales qui commençaient alors à l'emporter. Chanter Napoléon en 1821, c'était s'exposer à mécontenter en même temps les amis du pouvoir et ceux de la liberté. M. Lebrun n'écouta que son cœur ; il s'en expliqua lui-même franchement avec une candeur et une simplicité qui lui font le plus grand honneur : « J'ai fait ces vers, dit-il, parce que je n'ai pu faire autrement; je les ai faits dans la solitude, à la campagne, au moment où la surprenante nouvelle m'est arrivée. Ce n'est pas un sujet que j'aie choisi ou médité. J'ai été ému, mon émotion s'est répandue en vers, et ce poëme s'est trouvé fait; voilà tout. » M. Lebrun avait pleuré son héros et son bienfaiteur, comme La Fontaine pleurait Fouquet, sans se poser ni les *mais* ni les *pourtant*. Dans une strophe digne de Pindare, il exprime cette espèce de fascination irrésistible qu'exerçait sur lui l'attrait de la gloire et du génie :

Il est, il est dans le génie
Un ascendant, un charme, un attrait enchanté :
Une force puissante, aveugle, indéfinie
Nous entraîne vers lui comme vers la beauté.

Comme elle, il séduit la jeunesse...

. . . .

On le blâme, on l'accuse, on le hait, on l'abhorre;
Mais notre cœur souvent en secret se dédit,
Et même alors qu'il le maudit,
Se surprend à l'aimer encore.

M. Lebrun devait l'aimer toujours !

Cette pièce eut un immense retentissement ; elle fut lue, récitée, déclamée dans toutes les casernes de France. Le succès fut tel que le gouvernement d'alors crut devoir enlever au jeune poëte sa pension de 1,200 livres. M. Lebrun se résigna sans ostentation, sans fracas, sans prétendre aux honneurs du martyre, trouvant qu'il n'avait pas payé trop cher le droit d'avoir du cœur et de la mémoire, quand tant de gens s'en croyaient dispensés.

II

Ce poëme sur la mort de Napoléon est un dernier regain de poésie impériale au temps de la Restauration. Nouveau dans sa forme, il témoigne qu'une grande révolution intérieure s'était déjà opérée même chez

M. Lebrun. La chute de l'Empire marque pour lui un point d'arrêt, une transformation dans son talent. Joseph Chénier, Lebrun-Pindare, Delille, avaient achevé leur destinée d'hommes et de poëtes. M. Lebrun ne faisait que commencer la sienne. Il se trouvait dans la position d'un certain nombre de jeunes officiers arrêtés subitement au milieu de leurs espérances de gloire et de fortune. Qu'allait-il faire? Allait-il briser sa plume comme d'autres avaient brisé leur épée? Non, il avait pour cela trop de foi et d'espérance dans l'avenir. Un secret pressentiment lui disait qu'une ère nouvelle allait commencer; que le monde, n'étant plus sous la main de ce puissant moteur qui l'avait dominé et conduit durant quinze années, allait suivre une nouvelle impulsion.

En effet, ce qui se produit alors, c'est un immense besoin de rénovation universelle dans la politique comme dans les arts. Pour comprendre l'état des esprits à cette époque, il faut oublier un instant les ravissements et les surprises que nous ont causés les *Harmonies*, les *Méditations*, les *Orientales*, les *Feuilles d'automne*, toute cette gerbe brillante de poésie éclose sous le soleil de la Renaissance; il faut se reporter aux dernières années de l'Empire, à l'heure où la poésie française se meurt d'épuisement et de consomption. Dorat et ses disciples ont depuis longtemps déjà cueilli dans les jardins des Muses les derniers bouquets à Chloris; Saint-Lambert a chanté les *Saisons*, Lemierre la *Peinture*, Esménard la *Navigation*, Delille les *Jardins*; l'*Homme des champs*,

> Et dans son cabinet, assis au pied des hêtres,

a fait dire aux échos, non pas *des sottises* (il avait trop d'esprit pour cela), mais des périphrases *champêtres*. M. Lebrun a compris que cette poésie avait fait son temps. De bonne heure il a renoncé à tout ce vieux parterre mythologique, dont les dernières fleurs s'étaient fanées aux mains de Lebrun-Pindare. Esprit chercheur, aventureux, bravant les préjugés, en dépit de Boileau, il lisait Ronsard quinze ans avant M. Sainte-Beuve, ce qui était alors une marque d'indépendance et de courage. Un autre souffle plus puissant vint bientôt le toucher : la lecture de Byron fut pour lui une révélation. A ce foyer ardent, l'étincelle s'alluma; il sentit une vie nouvelle entrer en lui.

Dès 1819, dans une série d'articles sur le poëte anglais, alors peu connu en France, M. Lebrun lançait une profession de foi poétique qui fut dans son genre un petit manifeste novateur, mêlé d'audace et de timidité. « Il se peut, disait-il, que notre poésie manque de *certaines teintes*, d'une *certaine couleur*, d'une *certaine vérité* qu'elle pourrait emprunter *sans honte* à la poésie des autres peuples. » M. Lebrun est alors un jeune homme élevé dans les bons principes, qui veut y rester fidèle, mais qui ne peut s'empêcher de reconnaître « que les caprices et les désordres du génie ne sont pas dépourvus de charme. » Le diable commençait à le tenter.

Byron lui ouvrait l'Orient avec ses horizons dorés, ses palais fantastiques, ses types originaux ; M. Lebrun s'embarqua pour la Grèce sur les pas de Childe-Harold. La Grèce était alors le rêve favori de tous les poëtes, avant de devenir la grande passion de toute l'Europe. Byron avait senti son cœur flétri et désenchanté se ranimer à l'aspect de l'antique idole. « O Grèce! s'écrie-t-il, bien froid est le cœur de l'homme qui peut te voir et ne pas sentir ce qu'éprouve un amant auprès des cendres de celle qu'il aime [1]. »

Nous sommes devenus moins tendres, je le sais. Cette pauvre Grèce a bien perdu aujourd'hui dans l'estime et dans l'affection de ses meilleurs amis. Elle s'est permis des coups de tête, des révolutions; elle a chassé ses rois, ses ministres, toutes choses qu'on pardonne volontiers aux grands et aux forts, mais qu'on ne passe guère aux faibles et aux petits. Pour comble de malheur, un enfant terrible, un arrière-petit-neveu

1. *Childe-Harold*, ch. II.

de Voltaire, s'est avisé de mordre, un matin, le sein de la vieille nourrice qui l'avait allaité. La pauvre femme n'en est pas morte, mais elle en gardera longtemps la marque, car le nourrisson a la dent dure et incisive. Mais alors on ne songeait pas à tout cela; on ne se demandait pas si Athènes n'était plus qu'une simple bourgade pouvant offrir un certain nombre de types grotesques et d'histoires drôlatiques à un touriste en belle humeur, si ses gendarmes ne ressemblaient pas trop à des brigands, si ses chemins étaient un peu moins sûrs et moins bien entretenus qu'à l'époque où Hercule était chargé de la police de la voirie. On ne se rappelait qu'une chose : c'était qu'un jour, dans le passé, plus de deux mille ans auparavant, la civilisation et la liberté de l'Occident s'étaient vues menacées par un effroyable débordement de la barbarie orientale. Ce jour-là, sur un petit point du globe, sur un morceau de cette mince écorce terrestre où nous bâtissons nos royaumes et nos empires, une chétive tribu de l'humanité s'était levée, conduite par Miltiade et Thémistocle; et, devant cette poignée d'hommes, le flot des barbares avait reculé! Ce jour-là, messieurs, la Grèce avait conquis un titre éternel à la reconnaissance du genre humain, comme devait le conquérir plus tard cette autre Grèce du Nord, qui arrêtait l'invasion musulmane aux portes de Vienne, et sauvait l'Allemagne, trop oublieuse, hélas! par la main de Sobieski, ce Léonidas de la chrétienté! Voilà, messieurs, la dette que l'Europe civilisée payait à la Grèce de **1825**. Quand payera-t-elle l'autre dette? Dieu seul le sait!

Guerre folle, ont dit les politiques, guerre de fantaisie et de sentiment organisée par les artistes et les poëtes. Ah! messieurs, heureuses folies que celles dont on peut parler, quarante ans après, devant ses petits-fils, sans en rougir! Tâchons de n'en jamais commettre d'autres! Ne regrettons pas trop d'avoir inscrit sur notre drapeau le nom de Navarin avant d'y joindre ceux de Magenta et de Solférino! Cette guerre de Grèce, si courte, si peu sanglante qu'elle ait été, n'en est pas moins un événement considérable dans l'histoire du XIXe siècle. Elle substitue la guerre d'idées et de principes à la guerre de conquêtes : elle atteste que le temps des Pyrrhus et des Picrochole est passé, quoique certaines gens semblent prendre à tâche de le ramener : elle offre le curieux spectacle d'une intervention libérale et généreuse imposée par l'opinion publique aux vieilles monarchies de l'Europe, en faveur d'une révolution légitime et d'une noble race opprimée. C'est une belle page dans la vie d'un peuple comme dans celle d'un homme que de s'être fait un jour le représentant et le défenseur d'une pareille cause. Sur cette page, M. Lebrun a eu l'honneur d'inscrire son nom entre ceux de Fabvier et de Byron. Il a été un des organisateurs de cette grande conjuration poétique qui devait forcer la main aux gouvernements de l'Europe, indifférents, endormis ou décidés à ne pas entendre le canon de Missolonghi.

> Devançant les guerriers, les poëtes se lèvent,
> Ils s'arment avec moi de leurs chants en courroux !
> Leurs voix, leurs nobles voix des peuples écoutées,
> De loin iront s'unir aux voix de vos Tyrtées,
> Et pour la liberté combattront avec vous.

Lamartine, Victor Hugo, Casimir Delavigne, répondirent bientôt à l'appel de leur aîné. Mais le premier qui donna le signal avec Byron fut M. Lebrun; le premier avec Fauriel, il fit connaître à la France le chant de Rhigas, cette marseillaise grecque qui rappelait à la fois le Pæan de Salamine et l'hymne de la Révolution française :

> Levez-vous, enfants des Hellènes,
> Levez-vous et pressez vos rangs.
> C'est l'heure de briser vos chaînes
> Et d'en écraser vos tyrans.

Au printemps de 1820, M. Lebrun s'embarquait à Marseille avec Tombasis sur le vaisseau le *Thémistocle.* Un an plus tard, le *Thémistocle* était devenu le vaisseau amiral, et Tombasis *navarque* ou commandant en chef de la flotte hellène. Par une de ces bonnes fortunes que la Muse réserve parfois aux poëtes, M. Lebrun, débarquant en Grèce, se trouva en pleine épopée. Il assista au premier conciliabule des chefs hydriotes, à cet autre serment du Gruttli, d'où devait sortir la guerre de l'indépendance.

Du reste, ce que M. Lebrun allait alors chercher en Grèce, c'était moins encore des émotions politiques que poëtiques ; il allait boire à la source des Muses, revoir

La terre des héros, des arts et du soleil.

Le soleil, c'est là en effet la grande passion, le grand rêve de M. Lebrun en littérature comme en voyage. Vous avez peut-être entendu parler de cet illustre physicien qui vint un jour à l'Académie des sciences apportant un rayon de soleil enfermé dans une boîte. J'ai longtemps pensé que c'était là une histoire inventée par les savants pour nous faire croire qu'ils sont sorciers, ce qu'on serait tenté parfois de supposer, quand on assiste ici aux merveilleuses expériences de MM. Jamin, Boutan, Lissajous et autres magiciens. Eh bien! ce prodige, ce miracle, M. Lebrun l'a renouvelé à sa façon. Il a rapporté de Grèce un rayon de ce soleil oriental qui devait se répandre sur les arts et les lettres du XIXe siècle. C'est au soleil qu'il reconnaît la Grèce telle qu'il l'a rêvée :

Qui disait que la Grèce était déshéritée?
Montrez-lui, montrez-lui cette voûte enchantée,
Ce transparent azur ouvert de toutes parts.

Dans cette atmosphère limpide, transparente et sereine, il a retrouvé une autre patrie; il s'y plonge avec une sorte d'ivresse :

Athène, mon Athène est le pays du jour :
C'est là qu'il luit, c'est là que la lumière est belle!
Là que l'œil enivré la puise avec amour,
Que la sérénité tient son brillant séjour,
Immobile, immense, éternelle!

Le soleil de la Grèce semble resplendir tout entier dans cette strophe d'une éblouissante sérénité.

M. Lebrun a été un des grands promoteurs de ce que j'appellerais volontiers le mouvement grec de la Restauration : mouvement rapide, éphémère comme tout ce qui passe ici-bas, mais qui a laissé sa trace lumineuse dans l'art et la poésie. Il part de Chateaubriand et de Byron, enveloppe les *Messéniennes* de Casimir Delavigne, les *Orientales* de Victor Hugo, le *Childe-Harold* de Lamartine, et se reflète sur les toiles d'Horace Vernet, de Decamps, d'Ary Scheffer et d'Eugène Delacroix. Même après les contes de Galland et l'*Itinéraire* de Chateaubriand, l'Orient était encore un monde à demi fermé pour le public de l'Empire. En fait de Grecs et de Turcs, on ne connaissait guère alors que les

Achille, les Agamemnon, les Bajazet ou les Orosmane de la Comédie française, tout au plus les timbaliers mamelucks de la garde impériale. L'expédition d'Égypte, qui avait été si féconde pour les sciences et l'archéologie, n'avait guère agi sur les imaginations. Dans toute cette armée de savants et de conquérants, il n'y avait qu'un poëte, un grand poëte il est vrai, mais qui ne faisait pas de vers : c'était le général en chef. Rentré en France, on était revenu aux Turcs et aux Grecs de la rue Richelieu. M. Lebrun, le premier après Byron, vit et fit voir à la France des Grecs qui ne remontaient pas au temps de la guerre de Troie et des Turcs postérieurs aux croisades et à Malek-Adel.

Peut-être vous rappelez-vous un magnifique tableau d'Horace Vernet longtemps exposé au Luxembourg, et qui est maintenant, je crois, à Versailles : le portrait de Mahmoud présidant au massacre des Janissaires. Il est là couché sur des coussins, avec sa physionomie calme et sombre comme une mer dont la surface unie cache les orages qui couvent dans son sein, la main crispée, posée sur son cimeterre, un lion étendu à son côté. Ce portrait, M. Lebrun l'avait dessiné avant l'artiste. Il a vu Mahmoud,

> L'empereur basané des hordes musulmanes,

présidant non pas au massacre, mais au jeu de l'arc;

et sur place, au vif, il l'a peint avec une plume dont l'éclat et le coloris égalent la splendeur du pinceau :

Et sa face un moment s'éclairait souriante,
Et de sa main paisible il flattait sans dessein
Sa barbe aux flots épais, noire, et qui sur son sein
Descendait puissamment, parfumée et brillante.

Une fois en Grèce, la muse de **M.** Lebrun devient plus leste et plus libre. Ellle monte à cheval, le fusil en bandoulière, le nez au vent, lançant à l'écho de la montagne le sifflement de la balle ou le gai refrain du palikare :

Eh ohé! ha!
Ali-Pacha!

Le vieux mètre grave, solennel et un peu roide de l'ode classique s'assouplit et se brise sous sa main :

Le palikare, à ce bruit entendu,
Quitte en sursaut la couche de ramée,
Où sur le roc, à l'ombre, il dormait étendu.
Déjà son fusil brille à son dos suspendu :
Il met trois sequins d'or dans sa ceinture armée,
Et le voilà qui marche! et pour la Grèce il part.
Le voilà qui, léger, de montagne en montagne
Chemine bondissant tel qu'un beau léopard,
Et sa chanson dans les airs l'accompagne.

. . . .

J'ai près du lac entendu des oiseaux
Se dire : Il pleut du sang, et la Morée est noire.
Quatre vautours, qui passaient sur les eaux,

A l'aigle blanc buvant dans les roseaux
Criaient : Viens-tu? c'est du sang qu'il faut boire.
Eh ohé !ha!
Ali-Pacha!

On a tant usé et abusé de l'onomatopée depuis *la Chasse du roi Jean* qu'il est difficile aujourd'hui d'en faire l'éloge. Mais alors c'était là encore une grande nouveauté. Plus d'un vieil admirateur de Delille dut avoir l'oreille écorchée et scandalisée par ce refrain guttural du palikare, jeté comme un cri de chacal ou de vautour à la fin de ces strophes capricieuses et bondissantes. Figurez-vous un son de cuivre, une note des *Huguenots* retentissant tout à coup au milieu des mélodies d'*Orphée*. M. Lebrun ne se doutait pas qu'il serait un jour réduit lui-même à se boucher les oreilles pour échapper aux cacophonies imitatives de la Muse française. Mais alors il ne voulait qu'une chose, ajouter une note de plus à cette lyre que lui avaient léguée ses devanciers ; c'était là son ambition.

La lumière, le son, la couleur, voilà ce qu'il rapportait de Grèce en 1821. Il revenait, la tête pleine de splendides horizons, de mirages éblouissants. Le genre descriptif semblait mort avec Delille ; M. Lebrun était allé le ranimer et le rajeunir sous le soleil de l'Orient. Il est déjà grand coloriste, non pas encore à la manière de Victor Hugo ou de Théophile Gautier, non pas surtout à la façon de ces enlumineurs qui, depuis quelque temps, semblent avoir pris à tâche d'étouffer et d'empâter notre poésie et notre pauvre prose française, jadis si simple et si vive, sous une triple couche d'indigo et de vermillon. M. Lebrun a gardé la mesure du goût grec (μηδὲν ἄγαν, rien de trop), la simplicité de l'art antique. Sa palette est chargée de couleurs; mais il ne les étale pas toutes à la fois avec la magnificence prodigue et un peu folle de cette jeune école, que l'on pourrait appeler l'école du badigeon. Il croit que

Il faut, même en *couleur*, du bon sens et de l'art.

Cette sobriété, cette réserve n'ôte rien à l'éclat de ses tableaux. Je voudrais pouvoir étaler devant vos yeux ces pages, j'allais dire ces toiles resplendissantes, telles que le *Bazar de Smyrne* ou le *Panorama de Constantinople*. Avec la clef d'or de la poésie, M. Lebrun nous ouvre ces fantastiques bazars, ces mystérieux harems, ces palais diaphanes et transparents, ces oasis de verdure, d'eaux jaillissantes, de marbre. tout ce mirage étincelant d'Istamboul, couchée comme une odalisque au bord de la mer, et se mirant dans les flots bleus du Bosphore :

Avez-vous vu la reine de l'Aurore,
La cité merveilleuse, épouse des sultans,

Dont les palais légers, fragiles, éclatants,
D'un triple amphithéâtre enchantent le Bosphore ?

Si vous ne l'avez pas vue, allez la voir chez M. Lebrun. Malgré la réalité, — je n'ose dire le réalisme, — et la fidèle précision de ces peintures, M. Lebrun n'est pas un de ces poëtes photographes qui se contentent du rôle de miroir réflecteur. Dans ses paysages, comme dans ceux du Poussin, le sentiment humain domine toujours. Le *roseau pensant* se dresse au milieu de la nature sans en être étouffé ni écrasé. C'est par là que M. Lebrun, si souvent moderne par l'expression et par la forme, se rattache à la tradition classique et à la grande école spiritualiste du XVIIe siècle.

Parmi ces tableaux, il en est un d'une pureté, d'une grâce et d'un sentiment exquis : c'est celui où le poëte nous offre, dans la belle vallée de l'Eurotas, l'image de la Grèce esclave en 1820 :

Dans la belle vallée où fut Lacédémone,
Non loin de l'Eurotas et près de ce ruisseau
Qui, formant son canal de débris de colonne,
Va sous des lauriers-rose ensevelir son eau,
Regardez, c'est la Grèce, et toute en un tableau ;

et un tableau que le Poussin n'eût pas hésité à signer de son nom, aussi sobre, aussi pur qu'un bas-relief antique, aussi mélancolique, aussi profond que le beau paysage des bergers d'Arcadie, et quelquefois aussi vigoureux, aussi coloré qu'une toile de Decamps ou d'Eugène Delacroix :

Une femme est debout, de beauté ravissante,
Pieds nus ; et sous ses doigts un indigent fuseau
File, d'une quenouille empruntée au roseau,
Du coton floconneux la neige éblouissante.
Un pâtre d'Amyclée, auprès d'elle placé,
Du bâton recourbé, de la courte tunique
Rappelle les bergers d'un bas-relief antique.
Par un instinct charmant, et sans art adossé
Contre un vase de marbre à demi renversé,
Comme aux jours solennels des fêtes d'Hyacinthe,
Des fleurs du glatinier sa tête encore est ceinte.
Sous sa couronne à l'ombre, il regarde surpris
Trois voyageurs d'Europe au pied d'un chêne assis.

Puis en face, de l'autre côté, formant contraste :

Le chemin est auprès. Sur un coursier conduite,
La Musulmane y passe, et de l'œil du mépris
Regarde ; et l'Africain marche et porte à sa suite
Dans une cage d'or sa perdrix favorite.
Cependant qu'un aga dans un riche appareil,
Rapide cavalier au front sombre et sévère,
Sous un galop bruyant fait rouler la poussière.
De ses armes d'argent que frappe le soleil
Parmi les oliviers scintille la lumière.
Il nous lance en passant des regards scrutateurs.
Voilà Sparte, voilà la Grèce tout entière :
Un esclave, un tyran, des débris et des fleurs.

Et voilà aussi, messieurs, l'art de peindre tel que l'entend et le pratique, en habile écrivain et en véritable artiste, M. Lebrun. De la lumière, de la couleur, puis, sous chaque coup de pinceau, une émotion et une idée !

Un autre jour, il traverse la vallée d'Olympie, il entend le vent gémir à travers le feuillage. Ces mille voix de la nature lui rappellent celles de la Grèce autrefois assemblée dans les mêmes lieux pour célébrer sa gloire. Il voit passer les chars, les palmes, les triomphateurs. Puis d'autres cris, d'autres chants de victoire lui reviennent dans la pensée. La France et la Grèce, les siècles écoulés et le siècle présent se confondent, se croisent dans son souvenir, et il s'écrie tout ému :

Hélas ! sur d'autres bords, aux jours d'une autre gloire,
Combien mon oreille a de fois
Entendu de semblables voix
Saluer un char de victoire !
Ce bruit dans les airs élancé,
Dont un peuple en foule pressé
D'un héros suivait le passage,
C'était du vent dans du feuillage ;
Le vent cesse, et tout a cessé.

Une fois en Grèce avec M. Lebrun, on ne court qu'un danger, c'est de ne plus pouvoir en sortir. On voudrait voir et revoir sans cesse ces paysages enchanteurs auxquels vous attachent les charmes du présent et les souvenirs du passé. On serait tenté de s'écrier avec le poëte vidant à Paris un petit tonneau de vin d'Ithaque, et consacrant à la gloire du vieil Homère un chant digne à la fois d'Anacréon et de Béranger :

> Versez, versez jusqu'au bord de mon verre,
> De ce vin noble et généreux,
> Né chez Ulysse au sol pierreux
> Tant chanté par le vieil Homère.
> Versez, c'est la première fois
> Qu'amené dans notre Lutèce,
> Cet aimable enfant de la Grèce
> Rit à la coupe du Gaulois.

Un doux rayon de soleil, un filet limpide et doré de vin d'Ithaque riant dans la coupe gauloise, c'est là, messieurs, l'image exacte et gracieuse de cette part que M. Lebrun apporte de Grèce à la muse française de la Restauration.

III

La lyre ne fut pas la seule passion de M. Lebrun : il en eut une autre, celle du théâtre. Lui-même nous a raconté quelque part, dans une de ces notes qui sont parfois des confessions charmantes, ses premiers péchés dramatiques, ses escapades d'écolier, alors qu'il sautait par-dessus les murs de Saint-Cyr, pour aller entendre le soir au Théâtre-Français de Versailles Talma dans *Britannicus* ou dans *Cinna,* Talma, l'homme de son temps qu'il a le plus admiré et le plus aimé après Napoléon. A douze ans, il entrait au Prytanée de Paris ayant déjà en portefeuille une ébauche de tragédie, un *Coriolan* qu'il mûrissait et achevait trois ans après au prytanée de Saint-Cyr. A vingt ans, il enfantait une nouvelle œuvre dramatique, une tragédie de *Pallas fils d'Évandre,* pastorale héroïque, éclose dans la tête d'un rhétoricien exalté par les souvenirs de Virgile. Ce sont là de simples essais dans le goût du temps. On dirait des cartons ou des esquisses sorties de l'atelier de David : c'est la touche fière, académique et un peu roide du vieux maître, avec quelques accents cornéliens :

L'amour fait des heureux, la gloire des héros.

La muse tragique sous le premier Empire ne brille guère, il faut l'avouer, par la richesse ni par la variété. Assise depuis deux siècles au bord du Simoïs et du Scamandre, elle s'y morfond solennellement. Tout d'abord M. Lebrun sent le besoin de rajeunir et de renouveler le vieux cadre dramatique. Ce qui le tourmente, le préoccupe avant tout, c'est un vif sentiment de la *réalité,* de la vraie *nature simple et primitive :*

J'essaye à l'école homérique
De ramener le drame antique.

Le Mercier avait tenté d'y revenir dans son *Agamemnon;* M. Lebrun renouvelait l'expérience dans son *Ulysse*. Plus tard, lors de son voyage en Grèce, à la vue d'Ithaque, il comprendra plus nettement encore ce qu'il avait d'abord rêvé d'instinct confusément : « Du point de vue nouveau où je m'étais placé, j'apercevais dans ma pensée un drame plus intéressant, plus simple, plus familier, plus vrai, plus homérique enfin que celui que j'avais fait. »

La tragédie d'*Ulysse*, achevée en 1811, ne fut représentée qu'en 1814. Par un de ces malheureux contretemps que M. Lebrun devait rencontrer plus d'une fois sur son chemin, au moment où Ulysse abordait à Ithaque et au Théâtre-Français, les alliés entraient dans Paris et Louis XVIII aux Tuileries. Le poëte avait cru offrir une œuvre pacifique et désintéressée, une virile et robuste étude d'après Homère ; il apportait sur la scène, à son insu, une pièce de circonstance, une boîte d'artifices à laquelle le public se chargeait de mettre le feu. Les spectateurs, tout occupés de leurs passions contemporaines, n'admettaient pas qu'Ulysse pût s'inquiéter d'autre chose que du retour des Bourbons et de l'abdication de Fontainebleau. Nul ne consentait à faire le voyage d'Ithaque : l'action se passait aux Tuileries.

La scène de l'arc était bien un peu lourde pour le bras débile et pacifique de Louis XVIII ; mais Wellington et Blücher se chargeaient de l'exécution. Les allusions éclataient comme des pois fulminants sous les pieds de l'auteur et des acteurs, qui n'en pouvaient mais. Quand Talma, de sa voix terrible, s'écriait :

Il est des dieux vengeurs près des tombeaux assis,

un tonnerre d'applaudissements éclata. Le poëte, surpris de cette explosion et de ce triomphe, apprit d'un de ses voisins qu'on voyait là une allusion au tombeau de Vincennes. Quand Mlle Duchesnois, sous les traits de Télémaque, répéta de sa voix mélodieuse ces deux vers bien innocents :

Tous, les larmes aux yeux, bénissent l'heureux jour
Qui rend après vingt ans un père à notre amour.

la moitié du parterre pleura, trépigna, battit des mains : il y avait juste vingt ans que Louis XVIII avait quitté la France. M. Lebrun, désolé, protesta contre des allusions et des bravos intéressés qu'il ne pouvait accepter. Il rappela que sa pièce avait été écrite en 1811, au moment où Napoléon était à l'apogée de sa grandeur et de sa gloire, alors que personne, et M. Lebrun moins que tout autre, ne songeait aux Bourbons. Le public se fâcha contre le poëte qui refusait de partager ses rancunes. *De quel parti est donc cet homme?* disait-on de tous côtés. Eh! messieurs, *du parti d'Ulysse,* répondait le pauvre auteur, étourdi de tout ce vacarme. Aveu malencontreux, que de mauvais plaisants tournaient encore contre lui à l'aide d'un misérable calembour : le parti d'Ulysse (du lis) n'était-il pas celui des Bourbons ?

Après avoir essayé de la tragédie antique, M. Lebrun chercha sa voie d'un autre côté. Fidèle à la devise du vieux Corneille : *Non tam meliora quam nova,* il comprenait que la rénovation est une loi de l'art comme de la nature vivante et animée. Il s'était mis à lire Shakespeare, Schiller, Lope de Véga, et se sentait pris d'une généreuse émulation. Il rêvait pour la France une tragédie nationale plus moderne, plus libre, plus hardie que l'*Adélaïde Duguesclin* de Voltaire ou que *les Templiers* de Raynouard. Byron lui avait ouvert l'Orient ; Schiller lui offrit *Marie Stuart,* sujet français et tragique, s'il en fut jamais, par les émotions et les souvenirs. *Marie Stuart* a été le grand succès dramatique et populaire de M. Lebrun. Plus d'un confrère lui a envié cette bonne fortune de sa muse qui devait le mener si vite à la gloire et à l'Académie ; plus d'un même a cru ou semblé croire qu'il n'avait guère d'autre titre auprès de la postérité. C'est là, messieurs, une injustice ou une erreur. M. Lebrun a d'autres œuvres aussi remarquables, plus originales peut-être et plus hardies que sa *Marie Stuart*. Cette pièce n'en est pas moins par sa date un événement dans l'histoire de notre théâtre.

Pour en comprendre l'importance, il faut se représenter la disposition générale des esprits à cette époque, les préjugés et les préventions que le poète rencontrait sur son passage. Le premier tort de *Marie Stuart* était d'arriver d'Allemagne. Le libre échange, qui fut chez nous une question littéraire avant d'être une question commerciale, et qu'on accepte aujourd'hui à l'Académie comme à la Chambre, répugnait au goût français. Nos critiques nationaux avaient établi une barrière de douanes protectrices contre l'invasion étrangère. Cette prévention avait plusieurs causes : 1° l'orgueil légitime qu'avait légué à notre littérature la grande école classique du XVIIe siècle formé à l'image de son roi et répétant comme lui, non pas « *l'État*, mais *l'Esprit humain, c'est moi;* » 2° le souvenir des influences italienne et espagnole dont on avait eu tant de peine à se débarrasser; 3° la haine de l'étranger auquel, après avoir payé le milliard, on ne voulait pas livrer la meilleure part de l'héritage national, la langue et l'esprit français; enfin, un sentiment de fierté, de dignité, que je partage quelquefois moi-même, quand je vois l'engouement aveugle de certaines gens pour tout ce qui vient d'outre-

Manche et d'outre-Rhin. Je ne suis pas, je l'avoue, un partisan fanatique de l'Allemagne; je sais tout ce qu'elle nous a envoyé d'idées malsaines, de théories amphigouriques, de billevesées solennelles et prétentieuses; mais enfin je suis bien forcé de reconnaître qu'elle a puissamment contribué à rajeunir chez nous les sources taries de l'inspiration. Mme de Staël, la première, avait rompu la barrière en ouvrant aux lecteurs français les horizons nouveaux de la littérature allemande. Vous savez quel fut le sort de l'ouvrage broyé sous le pilon impérial comme entaché de tendances hostiles à la France et au gouvernement. Les libéraux étaient sur ce point, en matière de goût, aussi absolus que le pouvoir. Nombre de gens s'en tenaient encore au jugement de Voltaire sur *Gilles Shakespeare*, qu'il craignait d'avoir trop vanté. Le candide et bon Ducis, pour l'introduire chez nous, l'avait humanisé, francisé, c'est-à-dire amoindri et mutilé de son mieux, comme La Mothe arrangeait Homère à l'usage des dames, des beaux esprits et des gens du monde.

La *Marie Stuart* de M. Lebrun était lue en 1816 dans le salon de Mme de Staël. Vers la même époque paraissait la première traduction française de la *Marie Stuart* de Schiller. Or, veut-on savoir quel accueil la critique faisait à cette traduction et quel sort elle promettait aux imitateurs? Voici ce qu'en écrivait Hoffmann, un des juges autorisés du temps, rédacteur aux *Débats*, journal connu pour la sévérité de son goût et de ses principes : « J'aurais bien désiré que les pensées et les sentiments ne fussent pas ignobles ; car ce sont deux reines qui figurent comme personnages principaux dans ce drame. Je pouvais aussi demander que l'intérêt ne fût pas uniquement celui du sujet ; car si la terreur ne provient que du bourreau, si une mort violente est la seule cause de la pitié, nous n'avons plus besoin d'art, et les juges de notre tribunal révolutionnaire devraient passer pour les plus grands auteurs tragiques qui aient jamais existé. Mais j'ai senti que ce serait trop exiger, et les *romantistes* auraient pu me reprocher de juger la *tragédie barbare* d'après le code de la *tragédie policée*. Je m'en suis donc tenu à exiger, pour unique mérite dans *ce qu'on nomme une tragédie*, qu'une des plus grandes catastrophes de l'histoire moderne, et les derniers moments d'une reine mourant sur l'échafaud, me causassent de l'*intérêt sans dégoût*. Après une pareille capitulation, il fallait que l'auteur tragique poussât la barbarie jusqu'au sublime du genre pour me donner le droit de me plaindre, et le génie de Schiller y a complétement réussi. » C'est en face d'un pareil juge qu'il est permis de s'écrier que

La critique est aisée, et l'art est difficile.

Hoffmann revient à la charge dans un second article, où il fait l'analyse de la pièce : « Et voilà, s'écrie-t-il, le *chef-d'œuvre* de Schiller ! Encore ai-je omis à dessein la scène où Marie se confesse sur le théâtre. Mme de Staël la trouve admirable, et moi j'ose à peine l'indiquer. Je m'abstiens de toute réflexion et sur cette scène et sur la pièce. J'en ai dit assez ; et mes lecteurs seraient fort embarrassés s'il leur fallait citer un roman plus *mal conduit*, plus *mal dénoué*, plus *absurde* et plus rempli d'*horreurs dégoûtantes* que cette production de la *Melpomène romantique*. »

Ces revues rétrospectives ont leur enseignement et leur utilité. L'histoire contemporaine, dont certains esprits s'effrayent si fort et à grand tort selon moi, offre du moins cet avantage, qu'à trente ou quarante ans de distance elle nous fait revoir les choses et les hommes que nous avons connus, admirés ou haïs, sous une face souvent nouvelle ; elle nous rend plus équitables et plus modestes.

Grâce à ces préventions et malgré le haut patronage de Talma et de Mme de Staël, *Marie Stuart* dut attendre quatre ans aux portes du Théâtre-Français, avant d'obtenir les honneurs du triomphe. En revanche il fut complet. M. Lebrun avait répondu à toutes les craintes, à toutes les sinistres prédictions, comme Diogène répondait à ceux qui niaient le mouvement :

il avait marché, il avait ému, passionné, arraché des applaudissements et des larmes. Peut-être alors devait-on croire que la vieille critique allait se rendre. Point du tout. Elle protestait contre le scandale d'un *succès honteux* par la plume de Frédéric Royou : « L'empire de Melpomène est envahi par les Welches, et la place de Grève est transportée rue de Richelieu. L'échafaud est dans la coulisse : encore quelques mois d'un *succès honteux*, la tourbe des imitateurs le placera sur la scène même, et un mannequin décapité fera pâmer de plaisir les amateurs du *genre romantique*. Voilà ce que Voltaire avait tant craint réalisé de nos jours. » Et pourtant M. Lebrun avait dû faire plus d'une concession aux exigences du temps. Pour ne parler que du style, en voici un exemple. Marie Stuart disait d'abord à sa nourrice, en lui confiant le mouchoir qui devait lui bander les yeux :

> Prends ce don, *ce mouchoir*, ce gage de tendresse,
> Que pour toi de sa main *a brodé* ta maîtresse.

On le supplia de supprimer ce *mouchoir brodé* qui compromettrait la pièce. Il y consentit et mit à la place :

> Prends ce don, *ce tissu*, ce gage de tendresse,
> Qu'a pour toi, de sa main, *embelli* ta maîtresse.

On trouva, nous dit l'auteur en riant lui-même de

sa concession, que ce *tissu embelli* était plus digne et fort satisfaisant.

Une des scènes les plus belles dans Schiller, une des plus poétiques et des plus touchantes dans M. Lebrun, celle de la promenade à travers les jardins de Fortheringay, des adieux aux montagnes d'Écosse, avait soulevé les plus vives critiques. On ne voyait là qu'un hors-d'œuvre, un fragment élégiaque déplacé dans une tragédie. Les montagnes d'Écosse, disait un critique avisé, étaient à cinquante lieues de Fortheringay ; Marie Stuart avait donc besoin d'une longue-vue. Le critique, il faut bien le dire, en avait plus besoin qu'elle. La tragédie classique et spiritualiste du XVIIe siècle, tout occupée du monde intérieur, des caractères et des passions, avait trop complétement rompu ce dialogue de l'homme avec la nature, parfois si touchant et si gracieux chez les poëtes grecs. La *Phèdre* de Racine entrevoit à peine un coin des bois :

> Dieux ! que ne suis-je assise à l'ombre des forêts !

Elle a oublié ou n'entend pas le bruit de la chasse d'Hippolyte qui retentit dans Euripide, ces fanfares, ces échos dont l'harmonie lointaine va résonner de nouveau dans *Marie Stuart*. L'Ajax, de Sophocle, avant de se donner la mort, s'adresse aux fleuves, aux fontaines, au soleil qui va bientôt éclairer sa patrie : « Et toi qui roule ton char dans l'étendue des cieux, soleil, quand tu verras la terre où j'ai reçu le jour, retiens tes rênes d'or, annonce mes infortunes et ma mort à mon père accablé d'années et à ma déplorable mère. » Et Ajax n'est cependant ni une femme ni un poëte, mais un guerrier brutal et farouche. Devait-on s'étonner d'entendre Marie Stuart s'écrier :

Vois-tu cet horizon qui se prolonge immense ?
C'est là qu'est mon pays, là l'Écosse commence.
Ces nuages errants, qui traversent le ciel,
Peut-être hier ont vu mon palais paternel.
Ils descendent du Nord, ils volent vers la France.
Oh ! saluez le lieu de mon heureuse enfance !
Saluez ces doux bords qui me furent si chers !
Hélas! en liberté vous traversez les airs.

Vers charmants, inspirés par Schiller sans doute, mais d'une suavité, d'une harmonie toute virgilienne qui appartient en propre à M. Lebrun. N'y retrouve-t-on pas comme un écho de ces adieux que Marie Stuart adressait à la France, en allant s'ensevelir dans la sombre Écosse :

Adieu, plaisant pays de France,
O ma patrie
La plus chérie, etc.
. . . .

Les historiens ont fait chèrement payer à Marie Stuart les éloges des poëtes ; mais, en dépit de tous les jugements, de toutes les sévérités d'une critique impitoyable, la poésie lui est restée fidèle. C'est par elle que la reine d'Écosse vit dans le souvenir et dans le cœur des hommes, protégée par le triple prestige de la beauté, de l'esprit et du malheur.

Enhardi par le succès de *Marie Stuart*, M. Lebrun, dont l'audace croissait avec les années, jetait un nouveau défi à la vieille école dans *le Cid d'Andalousie,* sujet tiré de Lope de Véga. Les contemporains se souviennent sans doute de cette pièce, mais la jeune génération l'ignore; et pourtant ce fut là une des grandes batailles dramatiques de la Restauration, la plus orageuse et la plus terrible avant *Hernani*. Le *Cid,* ressuscité comme aux beaux jours de sa jeunesse, semblait s'écrier encore une fois :

Paraissez, Navarrois, Maures et Castillans !

Le cartel était solennel, l'attente générale. Talma jouait le rôle du Cid ; Mlle Mars, se risquant pour cette fois seulement dans la tragédie, avait réclamé, avec l'orgueil d'une reine, le rôle d'Estrelle, qu'elle ravissait à Mlle Duchesnois. On s'était donné rendez-vous au Théâtre-Français le 1er mars 1825. Comme il arrive souvent dans les triomphes et dans les bonheurs trop attendus ici-bas, par une complication inouïe de chances contraires où la censure, la cabale, l'esprit de parti conspirèrent à l'envi, au lieu d'une représentation, on eut un tumulte et une bataille. Jamais l'auteur n'avait montré plus de talent, de jeunesse, de verve; il avait semé sur cette œuvre les plus belles fleurs de ses lilas. Et tous ces parfums de poésie venaient expirer au milieu de la tempête, comme le bouquet de grenades tombé du sein d'Estrelle, à la vue du cadavre de son frère.

A quoi tint cet échec de M. Lebrun? fut-ce seulement à cette conjuration de chances contraires, aux défaillances de Mlle Mars, à la petite ligue organisée en faveur de Mlle Duchesnois, à la mauvaise volonté de Michelot, chargé du rôle mal compris du roi, aux rigueurs absurdes de la censure[1], à la malveillance des vieux critiques? Tout cela sans doute y contribua pour la meilleure part. Mais, disons-le avec une franchise qui n'ôte rien au mérite de l'œuvre ni à la gloire de M. Lebrun, malgré l'incontestable talent dont il fit preuve, l'auteur avait été trahi surtout par les difficultés de son sujet. *Le Cid d'Andalousie* avait un premier malheur, celui de rappeler son aîné, et un de ces

1. La censure avait supprimé, comme une offense pour la majesté royale, le coup de plat d'épée donné par Bustos au roi : seul motif et seule excuse du duel entre le Cid et son ami. Supposez qu'on supprime la scène du soufflet dans *le Cid* de Corneille, et jugez de l'effet.

aînés terribles qui s'emparent de toute la place dans le souvenir et l'admiration des hommes, si bien qu'ils écrasent et éclipsent d'avance leurs cadets. Le nouveau Cid avait un autre tort analogue à celui de Cinna dans Corneille. Sympathique d'abord, il baisse peu à peu dans notre affection : c'est un héros auquel manque souvent l'héroïsme véritable. Que dans Corneille Rodrigue sacrifie l'amour au devoir, qu'il tue le comte, le père de Chimène, pour venger son propre père offensé et souffleté, on le comprend, il le fait et doit le faire, sous peine de n'être plus le Cid.

> Ce n'est que dans le sang qu'on lave un tel outrage.

Mais que le Cid tue son ami, le frère de sa fiancée, l'honnête et généreux Bustos, par fidélité monarchique, pour tenir son serment envers un roi sans honneur et sans cœur, n'est-ce pas aller trop loin ? On nous dira que les mœurs du moyen âge et surtout de l'Espagne, que la religion aveugle du serment a pu infanter un pareil acte ; mais

> Le vrai peut quelquefois n'être pas vraisemblable,

et surtout ne l'être plus. Notre conscience proteste et répète avec Antigone, répondant à Créon, qui lui reproche d'avoir enseveli son frère malgré les édits :

« Je ne crois pas que les décrets des hommes puissent abolir les lois des dieux. » Ces lois, gravées au cœur de chacun, antérieures et supérieures à toutes les conventions sociales, nous disent qu'il n'est jamais permis d'immoler ni son père, ni son frère, ni son ami, même pour obéir aux rois; tout au plus pardonnons-nous à Polyeucte de sacrifier Pauline à Dieu.

Mais, chose curieuse ! ce n'était pas là ce qu'on reprochait par-dessus tout au *Cid d'Andalousie*. Le grand crime de M. Lebrun, outre l'injure faite à la majesté royale, c'était d'avoir bouleversé le vieil échafaudage dramatique, confondu et mêlé tous les styles et tous les genres, d'avoir changé l'ordre et la marche traditionnels de l'exposition, des péripéties et du dénoûment. Le vieil habitué de l'orchestre ne savait plus s'orienter à travers ce dédale du drame romantique, ou barbare, comme disait Hoffmann. Il restait stupéfait, confondu et scandalisé devant cette prodigieuse *scène du banc*, aussi risquée et aussi charmante, malgré sa longueur, que la fameuse scène du balcon dans *Roméo et Juliette*. Il ne comprenait rien à ce fragment d'idylle poétique et amoureuse jeté au cœur d'une tragédie :

Pourquoi de ces jardins nous retirer, Estrelle?
Dans le ciel transparent la nuit brille si belle !
Au banc qui nous a vus tant de fois nous asseoir,
Respirez avec moi l'air embaumé du soir.
....

Nous sommes loin du jour, plus présents l'un à l'autre;
Mon cœur plus confiant est plus voisin du vôtre,
Lui parle, lui répond, l'écoute, l'entend mieux,
Et le sent, et le voit, moins distrait que mes yeux.
Mon Estrelle ! un moment soyons seuls sur la terre!

A vingt ans de distance, M. J. Janin s'attendrit encore au souvenir de cette belle soirée : « Je vois encore, dit-il, le beau visage de Talma tout rempli d'admiration et d'amour ; j'entends Mlle Mars, cette voix sereine et pure, faite pour charmer les échos d'une nuit de printemps. » Tout cela ne pouvait fléchir la sévérité des vieux critiques. Montrer un amant et sa maîtresse assis sur un banc, au clair de lune, sous un bosquet d'orangers en fleur, violer la règle des trois unités, parler de *chambre* (sic) dans une tragédie :

Quel crime abominable!
Rien qu'un *échec* n'était capable
D'expier ce forfait. On le lui fit bien voir.

On le lui fit trop voir, hélas! Cependant après les orages du premier jour, la pièce semblait renaître, et J.-J. Ampère pouvait écrire au poëte : « Ils croyaient avoir porté un coup mortel à la muse nouvelle dont vous êtes le chevalier ; mais la muse vous a dit :

« Relève-toi, mon Cid. »

Malgré les retours et les apparences d'un succès possible encore, M. Lebrun, dégoûté de ces oppositions et de ces luttes, quitta le théâtre pour jamais, et se retira sous sa tente avec son brave *Cid*, meurtri et frappé au cœur. Il l'y tint enfermé durant vingt ans, attendant, méditant peut-être une revanche, qu'il eût obtenue sans doute, s'il eût osé, comme le vieil Horace de Corneille, invoquer contre la censure et la cabale l'appel au peuple. Il ne fit imprimer sa pièce qu'en 1844, époque où, comme il le dit lui-même, elle avait chance d'arriver trop tard après être venue trop tôt. Talma avait consacré au *Cid d'Andalousie* les derniers efforts de sa voix et de son génie : le grand artiste mourait bientôt après. Avec lui, M. Lebrun ensevelit ses rêves, ses espérances et ses ambitions dramatiques. Douloureux sacrifice, qui dut lui coûter plus d'une larme secrète et d'un amer regret.

L'opposition de la vieille école avait triomphé ; quatre ans plus tard, *Hernani* relevait le gant du *Cid*. Figurez-vous, messieurs, la tragédie mise à la gêne et aux fers par l'impitoyable orthodoxie de ces puristes qui ne veulent rien concéder, rien admettre de nouveau dans l'art, et vous comprendrez que des esprits jeunes, hardis, impatients, avides de grand air et de liberté, se soient levés, à la voix d'un tribun littéraire, pour renverser toutes les barrières, même les plus légitimes. Ainsi s'explique l'insurrection romantique dont M. Lebrun fut le précurseur, sans l'avoir désiré. On n'avait pas voulu d'une réforme ; on eut une révolution. Au lieu d'un pacifique 89 littéraire tel que le rêvaient M. Lebrun et après lui Casimir Delavigne, on eut un orageux 92, étincelant d'éclairs, mais avec les saturnales inévitables qui accompagnent le déchaînement de la tempête. M. Lebrun et Casimir Delavigne eurent le sort des Girondins, dépassés, écrasés et étouffés, pour un moment du moins, sous la cendre et la lave du volcan.

IV

Après avoir dit adieu au théâtre, M. Lebrun épancha dans la solitude les trésors de poésie qu'il portait encore au fond du cœur. Certains écrivains, comme certains acteurs, ont besoin de la pompe, du fracas, de la mise en scène : il leur faut un théâtre, un lustre, une rampe, des bravos pour les animer. La muse de M. Lebrun n'est jamais plus aimable et plus gracieusement parée que dans l'intimité : c'est là surtout qu'on apprend à le connaître et à l'aimer. Du reste, jamais personnalité ne fut moins envahissante et moins impérieuse que la sienne. Les délires orageux de la passion, les ennuis superbes, les désespoirs larmoyants ne sont pas son fait. Il a pu lire et fréquenter Byron sans y gagner cette *mal' aria* poétique qui est devenue un des charmes et aussi un des fléaux de notre littérature. Par ses goûts, son caractère et sa douce philosophie, par sa bonhomie et sa candeur, M. Lebrun est, dans la poésie familière, un disciple d'Horace, un confrère de Ducis et d'Andrieux. Il appartient à cette famille de poëtes que j'appellerais volontiers les *poëtes du coin du feu*, vieux amis avec lesquels on se plaît à goûter le charme du tête-à-tête, et dont on pourrait dire comme Horace parlant de ses amis Varius et Virgile :

> ..... Animæ quales neque candidiores
> Terra tulit... ;

âmes telles que la terre n'en porte jamais de plus pures ni de plus sincères. Ce mince et délicat filet de poésie intime et familière coule comme un ruisseau d'eau vive entre les deux grands fleuves lyrique et tragique qui traversent notre littérature. Il part de Villon et de Marot, serpente à travers Régnier, La Fontaine, Voltaire, Gresset, et arrive, avec Ducis et Andrieux, jusqu'à M. Lebrun. Genre éminemment français, qui n'est que l'*art de conférer* en vers, comme Montaigne aimait tant à le faire en prose. M. Lebrun y apportait deux qualités précieuses : la santé du corps et celle de l'esprit,

> ..... Mens sana in corpore sano ;

le bon sens et la bonne humeur. La nature lui avait accordé ce qu'elle refusait à Byron, d'être à la fois poëte et sage. Elle lui avait inspiré cet heureux amour de la médiocrité telle que la rêvaient Horace et La Fontaine :

> Mère du bon esprit, compagne du repos,
> O médiocrité, reviens vite !

Tout jeune encore, en 1812, à l'heure où le vertige emportait tant d'esprits, même les plus forts, où tant d'imaginations exaltées, ardentes, rêvaient, comme Murat et Bernadotte, des royaumes et des empires, lui, dans le manoir de Tancarville, pensait un peu comme le roi d'Yvetot, son voisin et son ami :

> Que nous faut-il? Un toit, la santé, la famille ;
> Quelques amis, l'hiver, autour d'un feu qui brille;
> Un esprit sain, un cœur de bienveillant conseil,
> Et quelque livre au champ qu'on lit loin du grand nombre,
> Assis la tête à l'ombre,
> Et les pieds au soleil.

C'est là tout ce que rêve M. Lebrun dans sa tour gothique de Tancarville, comme dans son nid de mousse de Champrosay, comme dans son paisible ermitage de Provins, entre sa petite vigne et ses noyers, sous lesquels s'abritent son bonheur modeste et sa gloire discrète :

Trois arpents sont assez pour moi;
Alcinoüs en avait quatre,
Mais Alcinoüs était roi.

Or, M. Lebrun n'a jamais aspiré à la royauté, pas plus dans la république des lettres qu'ailleurs. A ces trois arpents, il pourra joindre encore un petit coin de bois, pour faire comme Horace :

Et paulum silvæ super his foret !

Et voilà l'homme heureux sur lequel passeront la gloire, les honneurs, l'oubli, l'indifférence même, sans troubler son aimable sérénité. Une personne, qui le connaît mieux que tous les critiques, me disait de lui : « M. Lebrun trouve toujours qu'il fait beau. » C'est là le fond de sa vie, de son caractère et de sa poésie. Il entrevoit toujours, comme derrière le Parthénon, un coin du ciel bleu : grande condition de bonheur dans ce monde, où tant de gens le voient toujours noir, alors même qu'il fait beau !

Cette science du bonheur, M. Lebrun l'avait célébrée dans une pièce couronnée par l'Académie en 1817. La docte compagnie venait de mettre au concours *le Bonheur de l'étude*. Le choix seul du sujet indiquait les préoccupations de la société nouvelle. Dix ans plus tôt, on eût proposé sans doute « *l'amour de la gloire ou de l'immortalité.* » Mais, en 1817, Louis XVIII traduisait

Horace et aspirait au rôle d'Auguste pacificateur, jaloux de faire oublier les triomphes de César. Dans ce concours, un des plus fameux dont l'Académie ait gardé le souvenir, M. Lebrun se lançait bravement comme un débutant. Il se trouvait aux prises avec un certain nombre de jeunes rivaux peu connus encore et devenus bientôt célèbres à des titres divers. Le premier était Saintine, l'auteur de *Picciola,* qui partagea le prix avec M. Lebrun, tout en étant cependant placé au second rang. Les autres concurrents étaient Casimir Delavigne, qui, par une boutade poétique, avait repris la thèse de Jean-Jacques Rousseau contre les lettres, et s'était mis ainsi hors de concours; un élève de l'École normale, Loyson, nature délicate et maladive, qui n'a laissé que des espérances et un gracieux souvenir conservé par M. Patin; une muse aristocratique, la princesse de Salm, qui s'était engagée comme une autre Clorinde dans ce tournoi poétique; enfin, au milieu de l'arène, un jeune enfant de quinze ans, qui attirait tous les regards par un mélange singulier d'audace et d'ingénuité. Le vieil académicien Tissot parle avec une sorte d'admiration de cet enfant « qui fait déjà, dit-il, peut-être sans le savoir, des vers que tout le monde regarderait comme une bonne fortune poétique. » Et il ajoute, s'adressant aux parents de l'heureux enfant : « Parents auxquels appartient ce disciple de Virgile, lisez la poétique de Vida, et voyez avec quels soins, avec quelle tendresse il faut élever cette innocente et douce créature, écarter d'elle les peines qui usent le cœur avant le temps, les rigueurs qui flétrissent le talent avant qu'il ait poussé toutes ses fleurs : nous vous devrons peut-être un successeur de Malfilâtre ! » L'enfant de quinze ans, cet enfant prodige qu'admirait Tissot et que Chateaubriand appelait bientôt l'*enfant sublime*, quinze ans plus tard était devenu à son tour général d'armée, chef d'école et de révolution. Seulement, la fortune, plus clémente pour lui que pour Homère et Malfilâtre, lui réservait, outre la gloire, autre chose qu'une besace ou l'hôpital, qu'elle gardait pour Hégésippe Moreau.

Je voudrais pouvoir vous lire ici, messieurs, un fragment du *Bonheur de l'étude* et bien d'autres pages charmantes qui se trouvent dans ce recueil de poésies intimes, telles que *la Promenade sur l'eau*, *le Rubis*, la jolie pièce sur le *Sacre de Charles X*, datée de Champrosay, et surtout *la Muse du réveil*, morceau ravissant, comparable et antérieur à *la Nuit de mai* d'Alfred de Musset, qui s'en est peut-être souvenu. Le poëte a vu revenir la muse de sa jeunesse, son premier et son plus cher amour :

> Te souviens-tu, Muse adorée,
> Du premier temps où je t'aimais?

Il lui crie, comme Juliette à Roméo :

Contre mon sein demeure encore.
Tu pars ! Non, ce n'est pas l'aurore :
L'étoile de Vénus songe à peine à venir.

Que ne puis-je vous citer tout au long cette délicieuse rêverie, cette insomnie poétique et amoureuse qui rappelle un peu les mélodies vaporeuses et aériennes d'Obéron ! Mais je craindrais à mon tour de vous faire attendre, ici, l'aurore ; car j'ai hâte d'arriver à deux pièces très-peu connues et cependant très-dignes de l'être.

Malgré les fanfares belliqueuses de sa jeunesse, malgré les luttes littéraires auxquelles il se trouva mêlé, M. Lebrun a été toute sa vie un homme de paix et de concorde. Mais si conciliant qu'on soit, un poëte né Français, enfant de Paris comme son ami Béranger, demi-Champenois comme son maître La Fontaine, doit bien avoir aussi son quart d'heure de malice. L'abeille, tout en distillant son miel, garde toujours son aiguillon : elle en use, même au pied du Parnasse, le jour où elle voit un raïa malotru faire boire son âne à la fontaine de Castalie.

Profane, retiens ta monture ;
Loin d'ici son image impure !
Il regarde et ne répond pas,
Et continue à laisser boire
Celui qui sur l'eau de mémoire
Jette un souvenir de Midas.

Le poëte songeait alors évidemment à quelqu'un de ses confrères ou de ses critiques : qui n'a rencontré sur son chemin un Zoïle ou un Midas? — M. Lebrun n'a pas, comme son collègue de gloire et d'Académie, M. Viennet, consacré la meilleure partie de sa vie à la satire. Cependant il s'y est exercé quelquefois, et en maître, notamment dans deux pièces qui sont deux bijoux, deux petits chefs-d'œuvre du genre : l'une a pour titre *le Roi de Grèce*, l'autre *le Discours du bon bourgeois de Paris*.

Quand la Grèce eut été enfin reconnue officiellement par les grandes puissances, cette petite nation s'obstinant à vivre, il fallut bien songer à la faire rentrer dans le giron des monarchies légitimes. Il s'agissait de lui trouver un parti, c'est-à-dire un prince qui consentît à la gouverner au meilleur marché possible, sans finances, sans armée et presque sans gendarmerie. La Grèce avait enfanté des héros comme Tombasis, Canaris, Ypsilanti, etc.; mais elle ne pouvait fournir des rois. Depuis Codrus, toute souche royale semblait éteinte sur ce vieux sol démocratique d'Athènes : l'exemple de Pisistrate n'était pas fait pour encourager les prétendants. Il fallait donc chercher ailleurs. L'Angleterre, prise d'un de ces subits accès de tendresse par lesquels elle surprend le monde une fois tous les quinze ans, et que sa politique finit toujours par expliquer, s'intéressait vivement au sort de la jeune nation. Elle ne faisait pas encore miroiter à ses yeux, comme cadeau de noces, le brillant écrin des îles Ioniennes; mais enfin elle lui avait trouvé un parti. Naturellement on s'était adressé à quelqu'une de ces bonnes grosses tiges princières d'Allemagne, robustes et plantureuses, qui prennent racine sur tous les sols et fleurissent sous tous les climats. Le futur ou le prétendant était un jeune prince de Cobourg, sage et flegmatique, qui devait plus tard, sous le nom de Léopold Ier, donner à la Belgique trente-cinq ans de paix et de liberté. Petit souverain d'un petit État, il n'en restera pas moins un des grands noms de notre époque, comme ayant été le Watt ou le Papin de la monarchie constitutionnelle, l'inventeur de la soupape préservative contre les révolutions. M. Lebrun, qui eut plus tard occasion de le voir, de l'apprécier, de l'estimer à sa juste valeur, ne le connaissait pas encore et ne l'aimait guère, voyant en lui un agent des Anglais, auxquels il gardait toujours un peu rancune de Waterloo. Aussi en causait-il avec son ami *le Courrier français*, un journal de l'opposition naturellement peu satisfait :

> Ce prince, disait-il, qu'en Grèce l'on appelle,
> Est trop Anglais pour nous, trop Allemand pour elle.

A quoi le poëte répondait d'un air railleur :

Et pourquoi demander qu'il soit plus séduisant ?
Un roi n'a pas besoin d'être très-amusant.
Est-ce pour leur plaisir qu'on régit les provinces?
Et pour nous amuser qu'on nous donne des princes ?
Tout pouvait aller bien et c'était un bon choix :
Un homme fort sensé, mérite rare aux rois.
D'ailleurs, la Grèce a-t-elle à choisir entre mille ?
Fille sans dot n'a pas droit d'être difficile;
Un homme raisonnable en peut être chéri;
Et, comme dit la mère, enfin c'est un mari.

C'était donc un mariage de raison plutôt que d'inclination qu'on proposait à la Grèce : peut-être fut-ce pour cela qu'il ne réussit pas. M. Lebrun préférait pour elle le célibat; aussi faisait-il tout son possible pour dégoûter les rois d'aller en Grèce, et les Grecs d'aller au dehors chercher des rois. Qu'allait faire, en effet, un prince d'Occident bien nourri, bien logé, bien voituré dans ses carrosses, habitué au confort des cours régulières et des nations civilisées, au milieu de ce peuple de pâtres, de chevriers et de chasseurs? Qu'allait-il chercher là?

Que faire en un royaume où l'habitant grossier
N'aime que son fusil, son âne ou son coursier,
Et l'air libre, où le fils d'une héroïque mère
Prépare son dîner comme au siècle d'Homère?
. . . .
Sans nappe et sans fourchette, il mange avec ses doigts.
Allez donc inviter ces gens-là chez des rois,
Pour les voir, sans respect de rang ni d'intervalle,
Venir tremper leurs doigts dans l'écuelle royale!

Et quel séjour, bon Dieu!

D'abord, point de trottoirs; et souvent point de rues;
Des maisons aux toits plats et sans ordre, où les grues
Amassent leur gros nid comme un dôme posé;
Des palmiers, triste aspect! rien de civilisé.
Ni promeneurs assis comme aux Champs-Élysées,
Ni messieurs à cheval, ni dames aux croisées,
Les dames tout le jour allaitent leurs marmots,
Qui ne sauront pas lire et seront des héros.
. . . .
Et puis, un ciel très-chaud; jamais un jour de pluie;
Des champs souvent sans ombre, et des fleuves à sec;
Des gens qu'on n'entend pas, qui ne parlent que grec.

C'était à désespérer le prétendant le plus obstiné. Mieux valait donc rester chacun maître chez soi.

Aussi était-ce le conseil que M. Lebrun donnait aux Grecs, ses bons amis, en termes énergiques, spirituels et parfois éloquents :

O mes chers compagnons, mes Grecs, mes vieux amis,
Voulez-vous d'un poëte entendre un bon avis?
Le voici. Quand, du haut de Nauplie ou d'Athènes,
Surveillant l'Archipel, l'œil de vos capitaines
Au loin apercevra du monarque nouveau
Sous pavillon anglais accourir le vaisseau,
En le voyant entrer dans le golfe limpide,
Que de l'Acropolis, que de la Palamide,
Où les drapeaux du Christ remplacent ceux d'Alla,
Les canons, en grondant, demandent : Qui va là? —
Le roi de Grèce. — Au large; — et, sans souffrir l'approche,
Alors qu'il tirera son brevet de sa poche,
Et vous l'aura montré de loin et du tillac,
Signé lord Wellington et plus bas Polignac,

Savez-vous, mes amis, ce qu'il faut qu'on lui dise ?
Mais du haut des créneaux, de crainte de surprise,
Sans colère, en faisant au prince souverain
Et fort civilement un salut de la main :
« Monsieur, vous avez fait sur mer un beau voyage,
Vous avez vu la Grèce, et c'est un avantage,
Car le pays est beau, surtout vu de la mer,
Quant l'Archipel est calme et quand le ciel est clair.
Mais si vous avez cru loger dans cette Grèce,
Vous avez, peu prudent, compté sans votre hôtesse.
L'abeille désormais fait pour elle son miel.
Nous n'avons pas pour vous affranchi notre ciel;
Nous n'avons pas d'un joug brisé l'ignominie
Pour reprendre sitôt une autre tyrannie. »

. . . .

Et dites-lui surtout : « Si, pleins de lâcheté,
Nous pouvions condescendre à cette indignité,
Les morts qu'autour de nous ce noble sol rassemble,
Tous pour nous accuser se lèveraient ensemble,
Trois cent mille héros paraissant devant nous
Nous diraient : Mes enfants, nous sommes morts pour vous.
Notre sang, dont la trace est sous vos pieds flétrie,
Coula pour vous laisser une libre patrie.
Honte à qui cède un bien qui nous a tant coûté;
Rendez-nous notre sang, ou criez : Liberté! »

Ce discours est vif, hardi, entraînant : M. Lebrun ne l'écrirait probablement pas aujourd'hui. Mais il était jeune alors, il composait ces vers dans les premiers jours de juillet 1830, au moment où soufflait sous les marronniers des Tuileries un certain vent d'orage. Le vent souffla si fort qu'il emporta dans la tourmente la pièce du *Roi de Grèce*, avec le roi de France lui-même. La France, à son tour, en quête d'un monarque.

ne s'inquiéta plus de savoir celui qui pouvait convenir aux Grecs. A trente ans de distance, M. Lebrun s'est cru en droit de publier cette pièce, sans qu'on l'accusât d'imprudence ou de scandale ; il l'a dit lui-même : « Le temps a marché, la mort est venue, tout cela n'est plus que de l'histoire. »

C'est encore de l'histoire que ce plaisant discours du *Bourgeois de Paris*, qu'on prendrait pour un morceau détaché de la satire *Ménippée*. On y retrouve toute la gaieté maligne, tout l'esprit narquois de Rapin et de Passerat. Vous rappelez-vous, en feuilletant la *Ménippée*, avoir rencontré dans une jolie pièce de Gilles Durand intitulée l'*Ane ligueur*, ce portrait du bourgeois de Paris ? C'était

Un âne doux et débonnaire,
Qui n'avait rien de l'ordinaire ;
Mais qui sentait avec raison
Son âne de bonne maison.
....
Il était bourgeois de Paris,
Et de fait, par un long usage,
Il retenait du badaudage,
Et faisait un peu le mutin,
Quand on le sanglait trop matin.

Mauvaise habitude, dont il n'est pas corrigé, dit-on. Un matin donc, ce bon bourgeois s'imagina que le roi Louis-Philippe voulait le sangler à perpétuité, lui et ses petits-fils, dans la ceinture des fortifications.

Question brûlante alors ! La France se trouvait divisée en deux camps : d'un côté le parti militaire, les hommes de guerre, ayant à leur tête le maréchal Soult et M. Thiers, réclamait des remparts; de l'autre côté, les partisans de la paix et des économies, les défiants amis de la liberté, ne voyaient là qu'une dépense inutile ou une menace et un danger. M. Lebrun, qui se rappelait toujours 1815 et les trois jours de résistance que Napoléon avait en vain demandés à sa capitale, tenait pour les fortifications. Il plaida leur cause dans un discours ironique et amusant qu'il plaça dans la bouche du bourgeois de Paris. C'était une réponse aux objections faites dans les deux Chambres. Le bourgeois s'adresse à Sa Majesté pour lui exprimer tout son mécontentement :

J'apprends par mon journal que vous êtes un tigre,
Qui, couvrant sa fureur de dehors doucereux,
Nous trame sourdement le sort le plus affreux ;
....
Que sur la capitale on voit de toutes parts
Se dresser, se pointer des tours et des remparts,
Et qu'un de ces matins, si par hasard il bouge,
Vous devez sur Paris tirer à boulet rouge.

Paris bougea, et vous savez quel usage le tigre fit des boulets. Le bon bourgeois a conçu au sujet de sa ville tout un système philanthropique et humanitaire :

Paris, entendez-vous, est une ville à part,
Une ville en commun, qui doit rester sans porte,
Afin que l'étranger à son aise entre et sorte.
N'appartient-elle pas aux autres comme à nous ?
Des peuples n'est-ce pas le commun rendez-vous ?

Et dans son enthousiasme, il termine en s'écriant avec la majesté et la logique d'un Prud'homme cosmopolite :

Honneur aux étrangers, et vive la patrie !

Après le miel de l'Hymette et le filet doré de vin d'Ithaque, j'ai voulu vous offrir ce petit verre de clairet sentant son vieux terroir gaulois. Mais nous ne viderons pas la coupe tout entière ;

. . . . Sat prata biberunt.

Je termine ici cette étude bien longue et pourtant bien incomplète sur M. Lebrun. Tout en me reprochant et en m'excusant d'avoir peut-être abusé de votre bienveillante attention, je me consolerai si j'ai su gagner à M. Lebrun quelques lecteurs, c'est-à-dire quelques amis, de plus. Les instants que vous pourrez lui consacrer ne seront pas perdus, croyez-moi : vous les passerez avec un noble cœur, un vaillant esprit, un causeur charmant, un écrivain délicat, un vrai poëte enfin, et, ce qui ne gâte rien, même en littérature, un honnête homme. C'est une société qu'on n'est pas toujours sûr de rencontrer même dans les livres, et dont on peut dire :

C'est avoir profité que de savoir s'y plaire.

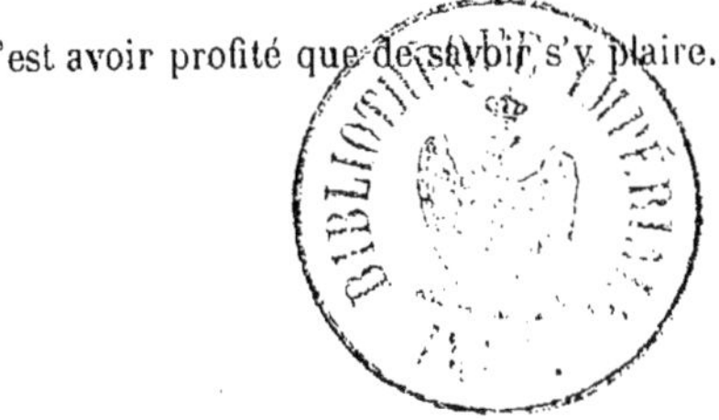

FIN.

PARIS. — J. CLAYE, IMPRIMEUR, RUE SAINT-BENOIT, 7.

www.ingramcontent.com/pod-product-compliance
Ingram Content Group UK Ltd.
Pitfield, Milton Keynes, MK11 3LW, UK
UKHW012105240726
13965UKWH00004B/1551